UN FANTÔME TRÈS RIGOLO

d'Amélie Cantin
illustré par Frédéric Pillot

Chapitre 1

– Ah, ah, je vais vous trouver, je sais que vous êtes là !

Deux chaussures noires, immenses, et pointues comme des chaussures de sorcière, s'approchent du lit en faisant grincer le parquet. Elles s'arrêtent juste sous mon nez. Je serre la main de ma petite sœur. Soudain une main osseuse rejoint les chaussures, puis une tête affreuse, effrayante, avec un menton pointu à la place du front, un long nez crochu, un regard féroce à la place des dents, et un chignon qui touche le sol. Mme Poirot… à l'envers !

– Rémy, Noémie ! ah, vous êtes là, espèces de petits galopins !

La main osseuse a attrapé mon poignet et me tire vigoureusement de sous le lit.

– Lâchez-moi, vieille sorcière, lâchez-moi, Noémie, viens m'aider !

Noémie bondit, se jette sur Mme Poirot et lui décoche un coup de pied dans le tibia.

– Lâche mon frère, sale bonne femme, laisse-nous tranquilles !

Mme Poirot a un instant d'hésitation, et

Noémie en profite pour se jeter sur elle une nouvelle fois. Elle n'a que six ans, ma petite sœur, mais elle est super-courageuse. Malheureusement, elle ne fait pas le poids.

Mme Poirot l'attrape par le bras et a vite fait de l'immobiliser.

– Alors, vous voilà calmés, hein, les petits monstres ? Maintenant vous allez venir manger votre soupe, et sans histoires !

Je tente de me débattre une dernière fois :

– On n'ira pas, elle est pas mangeable, votre soupe !

– Ah bon, tu n'iras pas, tu crois ça !

Mme Poirot m'attrape par l'oreille et, sans lâcher Noémie, me traîne jusqu'à la cuisine.

CHAPITRE 2

Une porte grince. Le parquet craque. Un hurlement lugubre résonne dans le château.

– Noémie, Noémie…

Elle se réveille en sursaut.

– Il se passe quelque chose, je vais voir.

Noémie est au bord des larmes.

– Allons, ne t'en fais pas, les parents reviennent bientôt.

– Pfff, tu parles, encore trois jours…

Noémie a raison. Encore trois longs jours. Je me rappelle le mois dernier quand Maman nous a montré la brochure qui disait :

« Château de caractère, situé en Bretagne, à louer pour les vacances. »
Quand on est arrivés, on a trouvé ça génial. C'était un vrai château de conte de fées.
Puis il y a eu ce coup de téléphone. Et Papa et Maman ont dû partir d'urgence. Ils sont journalistes. « On revient dans cinq jours, promis-juré ! Cinq jours, ce n'est pas long, et après on aura toutes les vacances pour être ensemble. Et puis vous verrez, Mme Poirot est très gentille, elle s'occupera bien de vous. »

Très gentille ! Mme Poirot ? C'était vrai au début, et puis il y a eu la série de catastrophes. Ça a commencé dès que les parents ont été partis.
D'abord, Mme Poirot a dérapé sur le parquet et elle a dit qu'on l'avait poussée. Après elle a retrouvé toutes ses affaires accrochées à un fil qui pendait à la fenêtre.

On pouvait voir de loin ses culottes assez grandes pour un éléphant. Une autre fois elle nous a accusés d'avoir mis des vers de terre dans le fond de son lit. Et maintenant, que va-t-elle nous reprocher ?

Cette fois Noémie pleure à grosses larmes. Je la serre dans mes bras et je lui murmure :

– C'est sûr, il se passe des choses bizarres ici, et il faut trouver quoi !

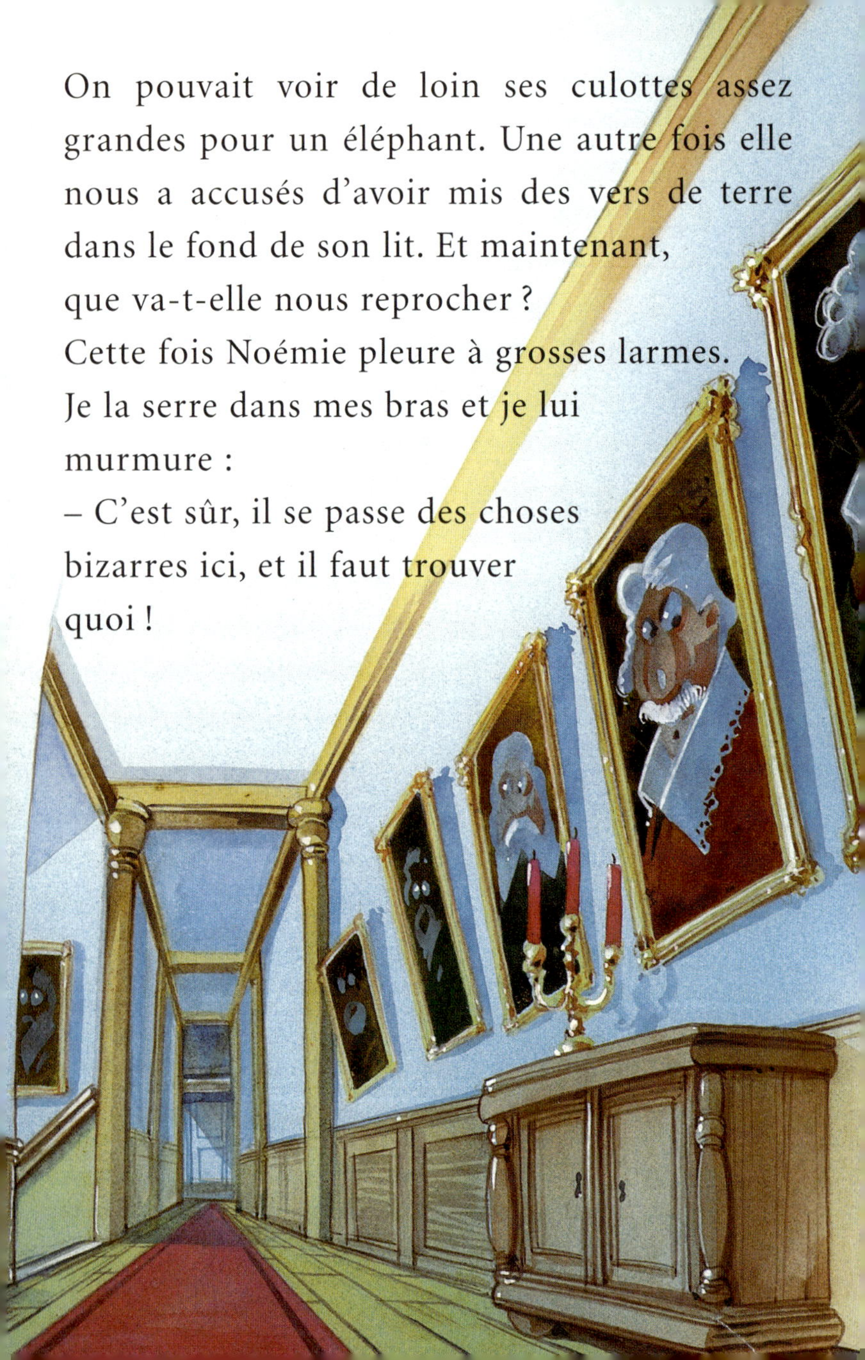

Reprenant courage, Noémie me dit :

– Je viens, je ne vais pas te laisser tout seul dans ce château en pleine nuit.

Nous passons prudemment la tête dans l'entrebâillement de la porte. Rien. Il faut y aller.

Chapitre 3

Des tableaux plus grands que nous sont accrochés au mur de chaque côté du couloir. Nous rentrons un peu la tête dans les épaules. On a l'impression que ces hommes et ces femmes peints nous observent en fronçant les sourcils.

On passe devant l'escalier. Juste au-dessus de nos têtes, l'énorme lustre, éclairé par la lune, renvoie mille petits éclairs. Je jette un coup d'œil rapide à l'armure au pied de l'escalier. Elle tient des deux mains son épée toute droite devant elle. Je réprime un frisson. On dirait qu'elle va se mettre à marcher.

Tout à coup un hurlement de terreur déchire le silence. La porte de Mme Poirot s'ouvre brusquement. On n'a pas le temps de réagir. Mme Poirot sort de sa chambre comme un ouragan, et le hurlement de terreur se transforme en cri de colère.

– Aaaah ! C'est encore vous, vauriens ! Je vous prends enfin la main dans le sac !

Mme Poirot est devant nous, rouge, furieuse et... trempée.

Ses cheveux dégoulinent sur son visage, dans le cou et sur la dentelle de sa chemise rose bonbon.

– C'est vous qui avez fait ça, hein ! petits monstres : me renverser un verre d'eau sur la tête pendant que je dors ! C'est la pire chose que... Vous n'êtes que des sales garnements, des graines de voyous, des délinquants juvéniles... !

– Mais…

Mme Poirot ne me laisse pas le temps de finir ma phrase. Elle nous attrape par le col du pyjama et, d'une main ferme, nous ramène jusqu'à notre chambre. Elle nous jette sur le lit et referme la porte derrière elle. On entend le petit clic-clac d'une clé qui tourne dans la serrure.

– Cette nuit, je serai tranquille. Et vous, demain, vous serez punis, crie-t-elle à travers la porte.

On n'entend plus que le bruit de ses pas qui s'éloignent dans le couloir.

Chapitre 4

– Il en reste encore beaucoup ? Je ne sens plus mes doigts.
Je jette un coup d'œil vers le tas de pommes de terre.
– Non, c'est bon, on est presque à la fin.
Dix kilos de pommes de terre à éplucher, elle ne nous a pas ratés, la mère Poirot. Il faut absolument que l'on trouve ce qui se passe dans ce château, sinon les trois prochains jours vont être un véritable enfer.
Des pas résonnent dans le couloir. La voilà !
– Alors, c'est bientôt fini ? Vous allez enfin comprendre. J'espère !

Noémie et moi baissons la tête sur nos pommes de terre. On a décidé de ne plus lui parler.

– Bien, je vais manger avant vous, je dois m'absenter très vite pour l'après-midi. Vous devrez rester bien sages !

Mme Poirot ouvre le réfrigérateur et y plonge la tête.

– Ah voilà !
Elle sort une cuisse de poulet qu'elle pose sur la table, juste devant nous. Elle replonge la tête dans le réfrigérateur, et, à ce moment-là… je n'en crois pas mes yeux ! la poivrière s'envole toute seule du coin du buffet, s'arrête au-dessus de la cuisse de poulet, se renverse et saupoudre allègrement.
– Ah, je vais me régaler !

Mme Poirot a saisi la cuisse de poulet et ouvert une bouche immense… J'hésite une seconde.

– Non, attendez !

– Qu'est-ce qu'il y a encore ?

– Cette cuisse de poulet m'a l'air un peu trop poivrée, j'ai peur que…

Mme Poirot me jette un regard méfiant, hausse un sourcil et regarde sa cuisse de poulet de plus près.

– Hum, mais c'est que ça a l'air d'être vrai.

Bon, eh bien… vous avez fini d'éplucher vos pommes de terre ? Vous pouvez aller jouer.

Je ne me le fais pas dire deux fois. J'attrape Noémie par la manche et je l'entraîne dans la chambre. Elle n'a manifestement rien compris, mais je n'ai pas le temps de lui expliquer. Je m'assois sur mon lit et me mets à crier :

– Fantôme, je sais que tu n'es pas loin, alors maintenant ça suffit, montre-toi.

CHAPITRE 5

Noémie me regarde avec des yeux ronds comme des soucoupes. Elle me prend sûrement pour un fou. Mais tout à coup… dans un nuage de poussière et de fumée, dans un bruit de chaînes et de grincements de porte…

– Me voilà !

Noémie s'est blottie contre moi.

Le fantôme est là, devant nous, les mains sur les hanches. Il est vêtu d'un kilt, et de grandes chaussettes rouges lui montent jusqu'aux genoux. Sa barbe et ses sourcils blancs sont tout en bataille.

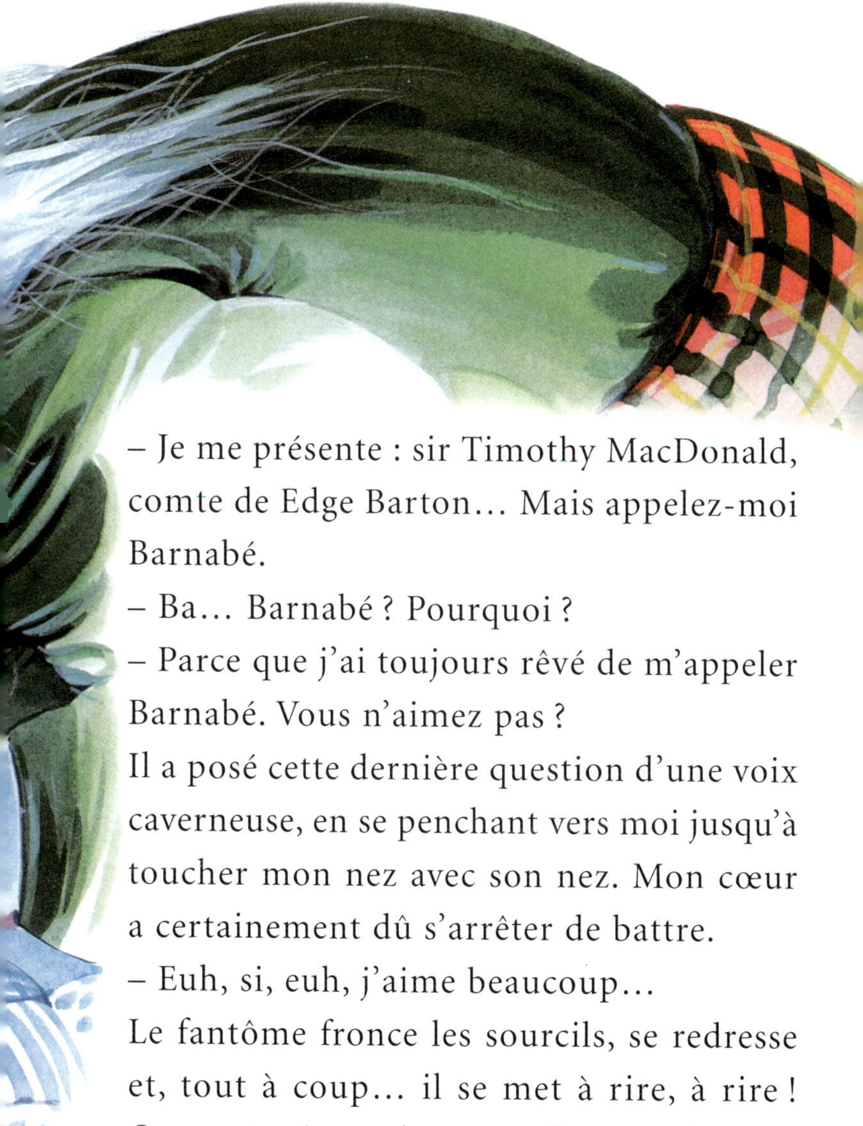

– Je me présente : sir Timothy MacDonald, comte de Edge Barton… Mais appelez-moi Barnabé.

– Ba… Barnabé ? Pourquoi ?

– Parce que j'ai toujours rêvé de m'appeler Barnabé. Vous n'aimez pas ?

Il a posé cette dernière question d'une voix caverneuse, en se penchant vers moi jusqu'à toucher mon nez avec son nez. Mon cœur a certainement dû s'arrêter de battre.

– Euh, si, euh, j'aime beaucoup…

Le fantôme fronce les sourcils, se redresse et, tout à coup… il se met à rire, à rire ! On peut voir ses dents, et elles sont, je vous le jure, vert fluo !

– Allons, les enfants, n'ayez pas peur. Je suis de votre côté.

– De notre côté ?

Noémie s'est levée et a pris un air indigné. Elle n'a apparemment plus peur du fantôme.

– Vous dites que vous êtes de notre côté, continue-t-elle, alors qu'à cause de vous on n'arrête pas de se faire punir !

Assis sur le lit de Noémie, les mains posées sur son kilt, ses jambes poilues croisées l'une sur l'autre, le fantôme regarde le sol d'un air tout triste. Je jette un coup d'œil à Noémie et je m'approche de Barnabé.

– Allons, Fantôme…

– Appelez-moi Ba… Barnabé, renifle-t-il.

– D'accord, Barnabé, on ne voulait pas se fâcher, tu sais, mais on en a marre d'être punis pour des bêtises qu'on ne fait même pas.

– Mais vous ne savez pas ce que c'est que de passer 284 ans dans un château, sans un seul ami ! En 1712, j'ai accompli un long et périlleux voyage depuis l'Écosse jusqu'à ce château. Et je suis mort en tombant dans les escaliers !

Barnabé est au bord des larmes. Noémie s'approche de lui et, tout doucement, lui passe la main dans les cheveux.

Barnabé relève la tête.

Il fait un sourire jusqu'aux oreilles.

– Mais depuis que vous êtes là,

reprend-il d'un ton joyeux,

je m'amuse comme un petit fou !

Il sourit tellement que ses moustaches frétillent.

– Alors qu'est-ce qu'on lui fait à la mère Poirot maintenant, lance-t-il en faisant un clin d'œil.

Chapitre 6

Le soleil vient juste de se lever. Nous entrons sans faire de bruit dans la chambre de Mme Poirot. Elle ronfle si fort qu'on voit bouger les poils de son nez. Tout doucement, on se cache derrière le rideau. Tout à coup… hououuououou !

Un gémissement lugubre emplit la chambre.
– Rrrroonn… Ah ! qu'est-ce que c'est ?
Mme Poirot s'est dressée dans son lit.
– Hououou hououou !
– Rémy, arrête, je sais que c'est toi !
Sa voix est toute tremblante. Je mets ma main sur ma bouche pour ne pas éclater de rire.

Soudain une lueur verte illumine la chambre.
Barnabé apparaît et éclate d'un rire sépulcral.
– Ha ha ha ha ha !
– Qui… qui êtes-vous ? bafouille Mme Poirot.
– C'est moaaaaa, le fantôme du château !
Épouvantée, Mme Poirot a plongé sous ses couvertures. Dans le lit, on ne voit plus qu'une forme tremblotante.
– Je viendrai la nuit te chatouiller les doigts de pied jusqu'à ce que tu implores pitié !

Mme Poirot est discrètement descendue de son lit. Elle est verte de peur. Elle se dirige à quatre pattes vers la porte entrouverte…

– Je viendrai te tirer les oreilles, continue Barnabé, et je t'obligerai à…

Mais Barnabé n'a pas le temps de finir sa liste de châtiments, Mme Poirot est sortie de la chambre et court dans le couloir.

Mais que fait-elle ? Elle ne s'enfuit pas, elle va dans notre chambre !

– Les enfants, les enfants, où êtes-vous ?

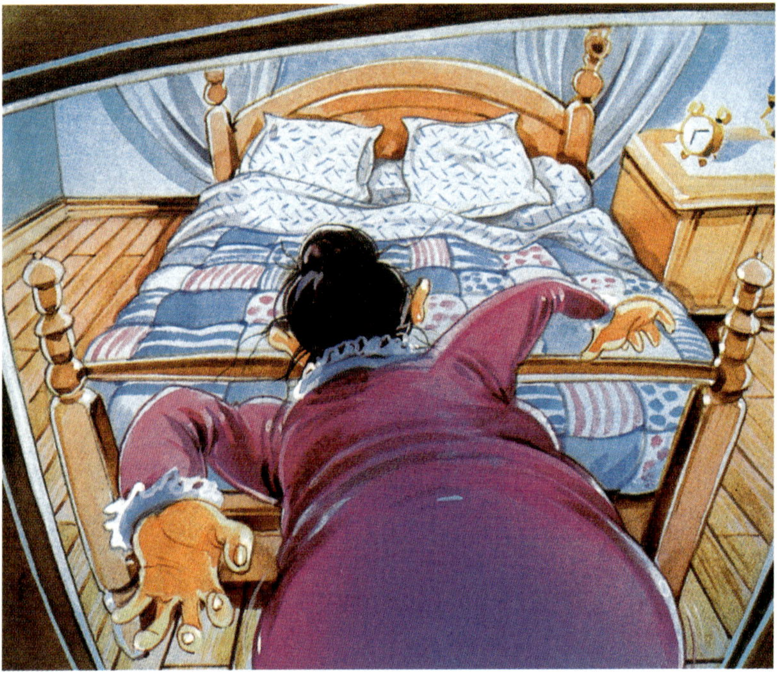

Venez vite, il y a un fantôme, il faut s'en aller !

Nous sommes sortis de derrière le rideau. Barnabé me jette un coup d'œil interrogateur, je regarde Noémie... Et nous nous mettons à courir dans le couloir à la suite de Mme Poirot.

– Mme Poirot, Mme Poirot ! Revenez, il n'y a aucun danger.

Elle est juste devant nous. Elle se retourne et se met à hurler :

– Attention, le fantôme, il est derrière vous !

– Ne vous inquiétez pas, Mme Poirot, c'est un gentil fantôme, il s'appelle Barnabé. On a juste voulu se venger parce qu'on croyait que vous étiez méchante.

Barnabé s'est approché. Il prend un air tout penaud.

– Tout est ma faute, mais je m'ennuyais tellement.

Mme Poirot, les sourcils froncés, regarde Barnabé des pieds à la tête. Il commence à renifler. Mme Poirot met les mains sur ses hanches et s'approche de lui…

– Hum, je vois ! C'est vous qui avez fait toutes ces bêtises ! Eh bien, je ne vous félicite pas !

– Mais je m'ennuie, moi ! Qu'est-ce que je vais pouvoir faire, alors ?

Mme Poirot réfléchit :

– Et si vous aidiez les enfants à préparer une très, très gentille surprise à leurs parents ?… Un spectacle de nuit, par exemple, pour les accueillir à leur retour… dit-elle en éclatant de rire.

Loi 49.956 du 16.07.1949
Dépôt légal : 4e trimestre 1999
ISBN : 2-84113-858-5
Imprimé en France par Pollina - n° 78850-C